RÉPUBLIQUE FRANÇAISE
LIBERTÉ—ÉGALITÉ—FRATERNITÉ

Administration générale de l'Assistance publique à Paris

Asile pour Enfants de la Ville de Paris

A HENDAYE

BERGER-LEVRAULT ÉDITEURS

PARIS   NANCY
5 ET 7, RUE DES BEAUX-ARTS   18, RUE DES GLACIS

1913

Tous droits réservés

Administration générale de l'Assistance publique à Paris

Asile pour Enfants de la Ville de Paris

A HENDAYE

BERGER-LEVRAULT ÉDITEURS

PARIS | NANCY
5 ET 7, RUE DES BEAUX-ARTS | 18, RUE DES GLACIS

1913

Tous droits réservés

*Notice établie
par les soins de M. André Mesureur
chef du service de la Direction
et M. Marcel Fosseyeux
chef de bureau*

Asile pour Enfants de la Ville de Paris

Directeur : M. FLEURAT DE LA POUMÉROULIE (1911).
Économe : M. FOURCHOTTE (1913).
Médecin : Dʳ CAMINO (1899).
Assistant de pharmacie : Mᵐᵉ LAMBERT (1911).

Inspecteur principal : M. NIELLY, ✽.
Inspecteur : M. BEAUVAIS.
Architecte : M. BELOUET, à Paris.
Inspecteur : M. ADAMSKI, à Hendaye.
Ingénieur : M. DESBROCHERS DES LOGES, ✽.
Inspecteur-Ingénieur : M. CHERVILLE.

Conseiller de surveillance : M. BARTH, médecin des hôpitaux.

Conseiller municipal délégué par la 5ᵉ commission : M. JEAN VARENNE.

Nombre des lits :
1899 : 238 lits (dont 38 de lazaret et d'infirmerie).
1907 : 658 lits (dont 58 de lazaret et d'infirmerie).

Superficie totale :
1899 :   15.907 mètres carrés.
1906 :   61.304   —
1912 : 101.622   —

LA PLAGE ET LES BATIMENTS

LE DÉPART POUR LE BAIN

LA GRANDE ALLÉE

I

Projets et premières constructions
(1886-1899)

Pour remédier à l'insuffisance de l'hôpital maritime de Berck, avant ses agrandissements récents, l'administration s'était préoccupée à différentes reprises de créer des stations maritimes ou thermales pour les enfants scrofuleux ou tuberculeux. M. Quentin, ancien directeur de l'Assistance publique, avait projeté de fonder un grand établissement à Arcachon pour les enfants scrofuleux, mais il fut arrêté par le prix excessif du terrain. En 1885, un membre du Conseil de surveillance, M. de Salverte, prit l'initiative d'une proposition tendant, non plus à créer un grand sanatorium, mais à placer les enfants dans diverses stations choisies avec méthode, dont plusieurs : Saint-Cast, Cannes, Salins, Salies-de-Béarn, Le Vernet, furent visitées à cet effet par une commission médicale. Le rapport de cette commission, présenté par M. le docteur Sevestre, le 20 avril 1886, concluait à la création de sanatoriums d'essai destinés aux scrofuleux. Des envois d'enfants furent faits, grâce à un crédit de 150.000 francs provenant du Pari mutuel, à Salins-de-Moutiers, Salins-de-Jura, Salies-de-Béarn, Pen-Bron, Cannes, Banyuls, Dax, Arcachon.

Mais l'idée de la création d'un grand établissement n'était pas abandonnée. En 1894, une commission du Conseil de surveil-

lance visita les côtes de la Méditerranée et ensuite celles de
l'Océan, depuis Bordeaux jusqu'aux Pyrénées. Après l'insuccès
d'un projet d'installation à Saint-Jean-de-Luz, dans l'ancien
casino, à cause de l'opposition de la municipalité, un terrain
fut trouvé aux bords de l'Océan, dans les Basses-Pyrénées, qui
présentait, suivant le rapport de M. le docteur Millard, au
Conseil de surveillance, le 24 janvier 1895, les meilleures con-
ditions possibles au point de vue du site, du climat et de la plage.
Ce terrain, de 15.900 mètres, était situé, près de la frontière espa-
gnole, sur le territoire de la commune d'Urrugne, dans une partie
annexée depuis lors à la commune de Hendaye, dont la municipalité accueillit avec empressement les projets de l'Assistance.

L'administration, conformément à l'avis du Conseil de surveillance et soutenue au Conseil municipal par les encouragements
de M. Navarre, fit, en 1895, l'acquisition, au prix de 4.452 francs
à la commune d'Urrugne et 18.959 francs aux consorts Ustaritz,
du terrain qui était composé pour un tiers de dunes et pour deux
tiers de terres arables. Devant lui s'étendait une vaste plage où
les enfants pouvaient venir à toute heure respirer l'air régéné-
rateur de la mer, et la commune consentit, pour leur en laisser
le libre accès, à déplacer le chemin vicinal bordant la plage,
lequel contourna désormais le terrain acquis par l'administration.

L'étude du projet de construction fut confiée en 1897 à
M. Belouet, architecte de l'administration. L'établissement devait
contenir 200 enfants et comprendre, outre les dortoirs pour les
hospitalisés, un lazaret pour les entrants et une infirmerie. La
dépense fut évaluée à 700.000 francs. Elle fut imputée pour
200.000 francs sur la subvention municipale allouée sur les fonds
de l'emprunt de 1886 et, pour le surplus, sur les crédits extra-
ordinaires du budget hospitalier (exercice 1896). (Cf. séance
du Cons. de surv. du 4 mars 1897.) Le prix de revient ne fut que
de 2.892 francs par lit, acquisition du terrain et mobilier compris.

La question des eaux fit l'objet d'une étude approfondie ; un
puits fut foré dans la roche et une nappe d'eau souterraine fut
constatée à une profondeur de 4 m. 70, soit encore à 4 mètres
au-dessus du niveau de la mer. Quant à l'évacuation des eaux
usées, elle se fit au moyen d'une canalisation de 500 mètres
contournant la côte et aboutissant en pleine mer, près de deux
rochers, appelés les « Deux Jumeaux », dans un endroit où il
n'existe aucun courant venant du large, susceptible de ramener
vers la plage les eaux déversées.

Deux années suffirent pour édifier l'établissement qui put être ouvert au milieu de l'année 1899. Il comprenait alors 238 lits, dont 26 au lazaret, 12 à l'infirmerie et 100 dans chacune des deux divisions (garçons et filles). Les bâtiments primitifs sont situés à l'altitude moyenne de 7 mètres au-dessus du niveau de la mer. Ils se composent de 4 pavillons, 2 pour les garçons et 2 pour les filles reliés par des galeries couvertes, avec des préaux couverts et 2 écoles, puis de l'infirmerie et du lazaret isolés, et de divers pavillons pour la cuisine, l'administration, les magasins, etc. Sur la plage s'élève un pavillon de bains avec 3 petites salles communes et 10 cabines. (Cf. Belouet, *Revue d'hygiène,* mai 1899.)

L'axe général du sanatorium se dirige vers le nord. Cette orientation a offert l'avantage de placer les édifices à l'abri, durant l'été, des ardeurs du soleil. Le cap Sainte-Anne, à l'est, la montagne de Jaizquibal, à l'ouest, les protègent en hiver contre les vents du large, tandis que la vaste dépression de l'estuaire de la Bidassoa et de la vallée de l'Oyarzun livre un large passage aux vents du sud dont l'action bienfaisante se fait sentir pendant une grande partie de l'année, ce qui a permis en 1899 de baigner les enfants à la mer jusqu'au 18 novembre. C'est en effet le 15 juin 1899 à 11 heures du matin qu'un premier convoi de 12 garçons et 14 filles partit de Paris pour la première fois, dans un wagon spécial appartenant à l'Assistance publique, pour arriver à la gare de Hendaye, le lendemain, à 5 h. 1/2 du matin. Ces enfants et ceux qui furent envoyés par la suite étaient des convalescents des hôpitaux ou des malades pris à la consultation externe et choisis de 2 à 15 ans par les soins d'une commission médicale. C'était surtout un centre de repos, avec séjour moyen de 6 mois. D'après les renseignements statistiques fournis dans les thèses de M. Marcou-Mutzner sur *le Sanatorium de Hendaye et le climat atlantique méridional* (1901) et Verreau, sur *les Maladies que l'on soigne au sanatorium de Hendaye* (1902), qui recueillirent pendant leur année d'internat les premiers résultats thérapeutiques, on trouvait dans la population du sanatorium toutes les variétés d'anémiques, des rachitiques constitutionnels, des adénopathiques et surtout des tuberculeux, qui tous partirent sérieusement améliorés.

VUE GÉNÉRALE DE L'ÉTABLISSEMENT

II

Les Agrandissements

(1906-1907)

Les résultats constatés au cours des premières années et le grand nombre de demandes d'envois décidèrent M. G. Mesureur, directeur de l'administration, à accroître l'importance de l'établissement, et à prévoir ces agrandissements dans les projets de travaux qu'il prépara dès la fin de 1912.

Des acquisitions de terrains furent faites en 1904, en vue de cette éventualité, à l'Académie des sciences, propriétaire de terres voisines, dites biens de Marisénia, et provenant du legs d'Abbadie. Elles portèrent à 61.304 mètres la superficie de l'établissement en y comprenant un échange ultérieur fait avec la commune de Hendaye en 1906, et un nouvel achat à l'Académie des sciences.

Les travaux d'agrandissement furent confiés à M. Belouet qui avait déjà construit les pavillons primitifs. Ils étaient compris dans le plan de campagne de travaux à imputer sur l'emprunt de 45 millions consenti en 1903 à l'Assistance publique pour la transformation et le perfectionnement de son outillage hospitalier. Aux 732.000 francs gagés sur ce fonds d'emprunt, il faut ajouter diverses sommes qui vinrent grossir les crédits affectés à l'ensemble de l'opération : 100.000 francs sur les reliquats de la subvention de 1896 : 26.000 francs sur les bonis de la première opération, enfin crédit supplémentaire de 86.000 francs consacré aux chemins et routes extérieures (15.000 francs), aux canalisations intérieures (14.000 francs), aux terrassements (57.000 francs).

Cet agrandissement a permis d'ouvrir 392 lits nouveaux, ce qui porte à 658 le nombre actuel des lits ; il a consisté dans la construction de 4 pavillons nouveaux élevés d'un étage sur rez-de-chaussée et sous-sol, dont l'un, celui de l'est, a été exclusivement affecté à un service d'orthopédie pour les filles ; d'un pavillon du personnel, élevé sur cave d'un rez-de-chaussée et de 2 étages, comprenant à rez-de-chaussée le service des bains (18 baignoires) et l'hydrothérapie, 2 préaux couverts, une grande classe, une salle de réunion des infirmières, puis aux 1er et 2e étages, les logements des internes et des employés ; d'un pavillon d'isolement projeté dès l'origine, mais non exécuté, contenant, tant à rez-de-chaussée qu'au 1er étage, 12 chambres avec réfectoire, salle de jeux, office, water-closets, bains, laboratoire et chambre de personnel ; d'une nouvelle infirmerie (garçons et filles) élevée sur sous-sol, d'un rez-de-chaussée et d'un premier, contenant 38 lits avec réfectoires, salles de jeux, offices, bains, pharmacie, lingerie et logement du personnel ; d'un lazaret pour les garçons, l'ancien restant affecté aux filles, contenant 40 lits, et formant un service absolument autonome où les enfants doivent séjourner 17 à 18 jours au moins avant leur entrée dans leurs divisions respectives.

Diverses améliorations de détail furent apportées en outre à l'aménagement de l'établissement. L'ancienne infirmerie a été affectée à une division de petits, renfermant 35 lits avec ses annexes, lui permettant de fonctionner comme service autonome. Une salle de gymnastique a été aménagée à rez-de-chaussée dans l'ancien bâtiment des services généraux ; les préaux couverts ont été agrandis par la suppression des classes qui leur étaient juxtaposées. Ont été également agrandis le bâtiment des cuisines qui se trouve placé entre les 4 réfectoires, où les enfants peuvent se rendre à couvert, les pavillons du concierge, les bureaux, l'écurie. On a construit enfin des remises pour les voitures et une buanderie. Tous les nouveaux pavillons ont été reliés aux canalisations du tout à la mer, installées lors de la première opération (1).

Deux autres améliorations importantes ont été réalisées. L'électricité a été installée dans tous les locaux ; le système d'alimentation en eau potable a été complété par une canalisation nouvelle, construite pour la ville de Hendaye et le sanatorium, qui amène les eaux de la montagne de Biriatou (2) (concession pour 75 ans d'un volume d'eau de source de 60 mètres cubes par 24 heures). L'administration a engagé récemment des pourparlers pour l'achat d'une nouvelle source, mais aucun marché n'a été conclu jusqu'à ce jour. Ajoutons qu'à 1 kilomètre du sanatorium et à 35 mètres au-dessus du niveau de la mer, se trouve le bois de Lissardy, où les enfants sont conduits pendant les grandes chaleurs. Une ligne téléphonique met l'établissement en communication avec le médecin résidant en ville, avec le dépôt de la pompe à incendie, enfin avec Paris.

Comme on le voit, rien n'a été négligé pour l'aménagement de cet établissement devenu très important, puisqu'il comporte maintenant un directeur et un économe, et pour le confort des petits malades parisiens. Pourtant le prix de revient du lit des nouveaux pavillons est resté dans des limites modestes : 2.320 francs, terrain et mobilier compris.

Ajoutons que, à la suite de la création de la Société foncière de Hendaye qui se propose de développer la station balnéaire, et pour empêcher que l'établissement ne soit enserré dans des propriétés particulières, l'administration a décidé d'en agrandir le périmètre et de l'isoler par des plantations. Dans ce but elle a acquis en 1912, de l'Académie des sciences, diverses parcelles de terrains représentant une superficie totale de 40.318 mètres carrés moyennant 82.510 francs.

Comme cela s'est produit à Berck, la construction d'un établissement par l'Assistance publique a révélé au grand public les qualités du climat de Hendaye, et alors qu'en 1899 nos pavillons

---

(1) Cf. Mém. sur les grands travaux hospitaliers, 1903, p. 73 ; séance du Cons. de surv. du 25 juin 1903 ; rapports Chérot au Cons. mun., n⁰ˢ 57, 106, 166, de 1903 ; Legriel, le Sanatorium de Hendaye (*l'Architecture*, 26 sept. 1908).

(2) Séance du Cons. de surv. du 29 mars 1906, contrat avec la commune de Hendaye du 21 janvier 1906.

étaient seuls à égayer de leurs toits rouges la magnifique plage
de sable qui ferme la baie, aujourd'hui la plage de Hendaye s'est
couverte de chalets et d'hôtels; chaque année des baigneurs y
viennent en foule, et le voisinage de notre asile d'enfants, loin
de jeter une défaveur, rappelle que ce furent les médecins qui
choisirent ce coin charmant de la côte basque et constitue pour
« Hendaye-Plage » un titre de plus pour attirer les hivernants
aussi bien que les voyageurs de l'été. Nos enfants sont d'ailleurs
les petits anémiés parisiens qu'on rencontre sur toutes les plages;
mais ce sont des pauvres et ils sont deux fois sympathiques.

LA PROMENADE DES PETITS PENSIONNAIRES

LE LAZARET DES FILLES ET LA DIVISION DES GARÇONS

III

Le Fonctionnement

Depuis l'ouverture des nouveaux pavillons en 1907, le nombre des enfants envoyés à Hendaye qui était de 400 à 500 par an, dépasse un millier. Il a été de 1.073 en 1907, 1.017 en 1908, 1.277 en 1910, 1.397 en 1911, 1.266 en 1912.

Admissions

Tandis que l'hôpital maritime de Berck tend de plus en plus à devenir un établissement de chirurgie, l'asile de la Ville de Paris à Hendaye prend un caractère exclusivement médical ; on n'y envoie même pas de convalescents d'opérations chirurgicales tout à fait terminées.

Les enfants susceptibles d'être envoyés à Hendaye sont :

1º Les rachitiques sans appareils ;

2º Les convalescents d'affections aiguës ou chroniques devant profiter d'un séjour au bord de la mer, avec exclusion absolue des affections cardiaques, même minimes, et des choréiques ;

3º Les enfants atteints d'adénopathies périphériques (particulièrement cervicales) non suppurées et ne paraissant pas évoluer vers la suppuration, susceptibles de guérir par le climat marin et sans intervention chirurgicale ;

4º Ceux atteints d'adénopathies trachéo-bronchiques, pourvu que les lésions paraissent limitées aux ganglions lymphatiques, et que les poumons ne présentent pas de signes appréciables de tuberculose.

Les candidats sont pris en grande partie, les 2/3 au moins, parmi les enfants fréquentant les consultations ; les autres sont de petits malades présents à l'hôpital ou y ayant séjourné ; dans ce cas la proposition est faite le jour même de la sortie.

Après enquête administrative, les enfants sont appelés devant une commission siégeant à l'hôpital des Enfants-Malades, et composée d'un membre du Conseil de surveillance, actuellement M. Barbé, d'un médecin chef de service, actuellement M. Boulloche, assisté de M. Babonneix, d'un chirurgien, d'un représentant du directeur de l'administration et du directeur des Enfants-Malades. Comme le nombre des postulants est toujours élevé, le médecin est aidé d'un interne en médecine. Les examens au point de vue des affections pulmonaires sont toujours très sérieux. Il y a toujours quelques éliminations pour état tuberculeux trop avancé ou pour affection cardiaque. Il passe environ 80 petits malades devant chaque commission.

Jusqu'à 12 ans on exige, avant le départ, que les cheveux des fillettes soient coupés, en vue de prévenir des contagions possibles, et pour éviter les nettoyages délicats qu'exigerait chaque jour la tête des enfants jouant et se roulant sur le sable de la plage.

Le trajet de Paris à Hendaye s'effectue en 17 heures, dans un wagon spécial mis en service en 1905, construit sur les plans de **Convois** M. Desbrochers des Loges, ingénieur de l'administration, et comportant 46 petits lits de dimensions différentes, un compartiment réservé à l'interne et au chef de convoi, un compartiment pour la surveillante et les infirmières, une office-chaufferie et un water-closet.

Tous les mois il y a deux départs à la gare d'Austerlitz, l'un pour les garçons, l'autre pour les filles, dans le wagon qui ramène, 4 jours après, les enfants dont le séjour, — la durée maximum est fixée à 6 mois, — est expiré. Au départ comme à l'arrivée, c'est l'établissement d'origine qui se charge de conduire ou de ramener

les enfants. Ils sont rendus également à leur famille par chaque
hôpital qui envoie une convocation spéciale. Si les parents ne se présentent pas, les enfants sont conduits au dépôt des Enfants-Assistés.

40 lits sont réservés aux pupilles de l'Assistance publique
envoyés par l'hospice dépositaire ; les autres lits, — soit 560 en
exceptant les lits d'infirmerie et d'isolement, — sont répartis entre
les hôpitaux pour les années 1912-1913-1914 de la façon suivante
(Cons. de surv., séance du 18 avril 1912) :

ÉTABLISSEMENTS	LITS MÉDICAUX	LITS CHIRURGICAUX	TOTAUX
Enfants-Malades.	125	18	143
Enfants-Assistés	18	5	23
Trousseau	112	16	128
Bretonneau	85	13	98
Herold	72	»	72
Saint-Louis	36	10	46
Scoliotiques	»	50	50
	448	112	560

560 + 40 enfants assistés
des agences.

Le service médical est assuré par un médecin qui est actuellement M. le docteur Camino, et par des internes désignés pour

Service médical — 2 ans, à la suite d'un concours spécial, auquel
sont admis à prendre part les externes des hôpi-
taux de Paris ou les élèves de 3e année ayant fait
au moins 6 mois de stage ; le jury se compose de deux médecins
et d'un chirurgien tirés au sort parmi les médecins des hôpitaux ;
l'épreuve orale comporte un sujet de pathologie infantile.

En 1911, on a créé un poste d'assistant de pharmacie, choisi
parmi les anciens internes des hôpitaux, logé, nourri, recevant une
indemnité de 1.000 francs, et chargé de la préparation des médi-
caments, de la tenue de l'officine, des travaux chimiques et bactério-
logiques, des écritures et de la comptabilité pharmaceutique.

Le service de mécanothérapie a été créé par arrêté du 19 juillet
1907 ; il est dirigé par Mlle Enquist, professeur de gymnastique

Service de mécano-thérapie — de l'Institut de Stockholm, sous le contrôle de
M. le professeur Kirmisson et forme dans la
4e division un pavillon spécial de 50 lits. Les
enfants dirigées sur ce service sont choisies sur
la présentation des chefs de service des hôpitaux d'enfants par

une commission spéciale qui se réunit plusieurs fois par an à l'hôpital des Enfants-Malades. Depuis l'ouverture du pavillon, 227 élèves ont été admises.

Le traitement dure environ une année. M. le professeur Kirmisson, chef de service des Enfants-Malades, a donné au 4ᵉ Congrès français de climatothérapie et d'hygiène urbaine de Biarritz, en 1908, et fournit chaque année, dans un rapport adressé à M. le Directeur de l'Assistance publique et publié par la *Revue d'orthopédie*, des renseignements détaillés sur le traitement orthopédique de Hendaye et les résultats qu'on est en droit d'en attendre. Sur les 46 malades visitées par M. le professeur Kirmisson en 1911, 3 étaient restées stationnaires, 27 présentaient des améliorations et

LA PORTE D'ENTRÉE

16 étaient considérées comme guéries ; 26 seulement d'ailleurs furent rendues à leur famille et 20 restèrent en traitement. Ces jeunes filles, tout en restant soumises au règlement général de l'établissement, ont un emploi du temps spécial. Elles ont 3 classes de 2 heures par semaine, les lundi, mercredi et vendredi, comprenant 2 divisions. De plus, pendant l'attente des exercices de gymnastique qui ont lieu par série tous les matins, de 8 à 11 heures, les élèves se livrent à des travaux de couture sous les yeux de la surveillante qui les guide et les encourage. Ce traitement spécial de la scoliose, hélas ! si fréquente dans les milieux pauvres parisiens, a été limité aux filles, mais avec l'espoir de l'étendre ensuite aux garçons.

Au pavillon sont annexés, aux 2 salles d'hospitalisation, 2 locaux, l'un contenant les appareils servant à la gymnastique orthopédique, l'autre renfermant les plans inclinés destinés aux heures de repos. Aux avantages du traitement orthopédique sont joints ceux de l'hydrothérapie, d'une large aération, et du climat de la côte basque, dont la douceur permet de continuer pendant la plus grande partie de l'année le traitement marin.

Régime alimentaire
Un régime alimentaire spécial a été adopté pour les enfants envoyés à Hendaye.

Il est le suivant :

			ENFANTS		
			PETITS	MOYENS	GRANDS
POUR LA JOURNÉE	Pain	Décagr.	3o	4o	5o
	Lait (boisson)	Centil.	35	35	»
	Vin	»	»	»	27
PETIT DÉJEUNER	Lait	Décagr.	20	20	20
	Café	»	»	»	1
	Chocolat	»	3	3	3
	Pâtes	»	2	2	»
DÉJEUNER ET DINER	Premier plat	Pâtes pour soupe	»	2	2	2
		Ou viande (matin)	»	»	12	16
		Ou viande (soir)	»	»	»	12
		Ou volaille	»	16	16	»
		Ou ris et cervelles	»	10	10	»
		Ou poisson	»	12	12	16
		Ou morue	»	10	10	12
		Ou œufs	»	1	1	2
	Deuxième plat	Légumes secs	»	3	3	6
		Ou riz	»	2	2	2
		Ou pommes de terre	»	10	12	16
		Ou macaroni	»	3	3	3
		Ou légumes frais	»	»	12	16
GOUTER ET DESSERT	Pruneaux	»	6	6	6
	Ou confiture	»	3	3	3
	Ou fromage	»	2	3	3
	Ou fruits secs	»	4	5	5
	Ou fruits frais	»	6	6	8
	Ou chocolat	»	2	2	2
	Ou compote	»	5	5	8

Ce régime a subi, à titre d'essai pour l'année 1910, sur la demande de M. le docteur Camino, les modifications suivantes : suppression du régime des petits enfants devenus une exception :

remplacement pendant l'hiver des fruits frais par du fromage : transformation au petit déjeuner pendant l'hiver du lait simple en bouillie ; suppression des carottes et des choux remplacés par par des pommes de terre ; remplacement de la viande crue de bœuf par celle de cheval, ce qui permet, étant donnée l'économie, d'augmenter la ration de chaque enfant de 5o grammes.

Il n'a pas été possible d'organiser des classes d'une façon méthodique ; l'âge des enfants est très variable et leur degré d'instruction très inégal ; de plus, les modifications

Classes

incessantes. résultant des départs et des arrivées, rendent impossible la régularité des cours. Après une expérience de 3 ans (1900-1903), une des deux institutrices a été supprimée. Une grande partie des heures de classe est d'ailleurs réservée à la correspondance hebdomadaire des enfants avec leur famille à laquelle les astreint l'administration. Il ne faut pas s'étonner du manque d'instruction de la plupart de ces petits malades si l'on songe que leur enfance maladive a été exclusive généralement d'études suivies.

Les visites fréquentes et minutieuses des membres du Conseil de surveillance de l'Assistance publique, et en particulier de MM. Paul-Strauss, Barth et Barbé, celles des membres du Conseil municipal. et notamment de M. Henri Rousselle, président de la 5e commission du Conseil municipal et de la 3e commission du Conseil général, de M. Varenne. rapporteur de la 5e commission et de plusieurs de leurs collègues, celles des nombreux médecins français et étrangers, montrent assez tout l'intérêt qui s'attache à cette œuvre de salut physique créée pour la jeunesse pauvre parisienne.

VISITE DU PRÉSIDENT DE LA RÉPUBLIQUE — LE CORTÈGE OFFICIEL

M. G. MESUREUR ACCOMPAGNE MADAME POINCARÉ

IV

Visite de Monsieur le Président
de la République
et de Madame Raymond Poincaré
(6 octobre 1913)

En se rendant en Espagne, M. Raymond Poincaré a tenu à donner aux enfants de la Ville de Paris hospitalisés à Hendaye la même marque de sollicitude qu'aux malades de nos hôpitaux parisiens : il avait décidé de faire une visite à notre établissement au cours de son voyage.

M. le Président de la République avait été devancé par Madame Poincaré. Après avoir quitté l'hôtel Eskualduna où elle était descendue, en compagnie de M. et Mme Delanney, de M. G. Mesureur, de M. et Mme Paul-Strauss, et de M. P. Barbizet, elle arriva vers trois heures à l'asile qu'elle parcourut en détail, guidée dans chacun des pavillons par M. G. Mesureur qui lui a fait les honneurs de l'établissement.

Un petit pensionnaire lui souhaita la bienvenue en ces termes :

MADAME,

Permettez-moi, au nom de tous mes camarades, de vous remercier de votre visite à Hendaye. Nous vous sommes profondément reconnaissants d'être venue de si loin pour visiter les petits enfants de la Ville de Paris ; nous savions que vous aviez été à Berck-sur-Mer, mais nous n'étions pas jaloux ; nous pensions bien que vous viendriez un jour et que vous nous gardiez une part de votre cœur ; aussi, nous vous offrons tous les nôtres, avec ces fleurs.

Madame Poincaré s'est arrêtée longuement au service de mécanothérapie, dirigé par M. le professeur Kirmisson, où Mlle Enquist a fait exécuter par les jeunes pensionnaires une série de mouvements qui l'ont vivement intéressée.

UNE FILLETTE RÉCITE UN COMPLIMENT A M. RAYMOND POINCARÉ

Venant de Saint-Jean-de-Luz par la côte, le cortège officiel est arrivé à l'asile à 4 h. 20. M. le Président de la République a été reçu par :

M. M. DELANNEY, préfet de la Seine ; M. G. MESUREUR, directeur de l'administration générale de l'Assistance publique à Paris ; M. H. ROUSSELLE, président de la 5e commission du Conseil municipal, délégué par le président de cette assemblée ; M. PAUL-STRAUSS, sénateur et vice-président du Conseil de surveillance.

et Mme Paul-Strauss ; M. Fleurat de la Pouméroulie, directeur de l'asile ; M. P. Barbizet, inspecteur principal.

Accompagnaient M. le Président :

M. Louis Barthou, président du Conseil des ministres ;
M. Bérard, sous-secrétaire d'État aux beaux-arts ;
M. Forsans, sénateur ;
M. Garat, député ;
M. Théodore Tissier, conseiller d'État ;
M. Coggia, préfet des Basses-Pyrénées.

M. Raymond Poincaré visita les différentes divisions.

Fillettes et garçons réunis dans un des jardins de l'asile offrent des fleurs au Président et à Madame Poincaré.

Une fillette a récité le compliment suivant :

Monsieur le Président,

Les petits enfants de la Ville de Paris vous souhaitent la bienvenue dans cette maison ; ils n'oublieront jamais qu'en allant dans le beau pays d'Espagne vous vous êtes arrêté auprès d'eux, que vous vous êtes intéressé à leur santé et à leur faiblesse et ils vous en ont une profonde gratitude.

Pour vous remercier, ils vous promettent d'être toujours reconnaissants au Conseil municipal de Paris des bienfaits qu'ils en ont reçu, d'aimer de tout leur cœur et de défendre de toutes leurs forces la France et la République.

M. G. Mesureur présente alors à M. Poincaré le personnel médical et hospitalier dont il fait le plus grand éloge. Le Président a bien voulu s'associer à cet éloge et il s'est retiré à 4 h. 35 après avoir remis 500 francs au directeur de l'établissement pour l'achat de jouets et de friandises aux petits malades.

Madame Poincaré qui était demeurée à Hendaye pendant la durée du voyage présidentiel en Espagne est revenue à différentes reprises voir les pensionnaires de l'asile, assister à leurs jeux sur la plage, et leur remettre quelques douceurs, donnant à ces enfants un gage de bienveillance et d'affection particulièrement touchant.

MADAME POINCARÉ VISITE LES DIFFÉRENTS PAVILLONS

LE PRÉSIDENT EMBRASSE UNE PETITE MALADE

V

Tableaux

LE PERSONNEL HOSPITALIER ET OUVRIER

1º Service des malades

NATURE DES SERVICES	CHEF DE SERVICE	SERVICES	NOMBRE de lits réglementaires — G.	F.	PERSONNEL SOIGNANT — Surveillantes	Suppléantes	Panseurs et panseuses	Premières infirmières	Infirmières	PERSONNEL SERVANT — H.	F.	SERVICE DE VEILLE (non gradés) Soignants — H.	F.	Servants — H.	F.	TOTAL
Médecine	Dr Camino	1re division	111	»	1	»	»	1	2	»	4	»	»	»	»	8
—	—	2e division	»	45	1	»	»	»	1	»	1	»	»	»	»	3
—	—	2e division	»	66	»	»	»	1	1	»	3	»	»	»	»	5
—	—	3e division	118	»	1	»	»	1	2	»	5	»	»	»	»	9
—	—	4e division	»	72	1	»	»	1	1	»	3	»	»	»	»	6
—	—	Scoliotiques	»	50	1	»	»	»	1	»	2	»	»	»	»	4
—	—	Isolement	12	12	1	»	»	1	»	»	»	»	»	»	»	2
—	—	Infirmerie	20	20	1	1	»	»	2	»	2	1	»	»	»	7
—	—	Lazaret (garçons)	44	»	1	»	»	»	1	»	2	»	»	»	»	4
—	—	Lazaret (filles)	»	44	1	»	»	»	1	»	2	»	»	»	»	4
—	—	Lazaret (mixte)	22	22	1	»	»	»	1	»	2	»	»	»	»	4
—	—	Service de veille	»	»	»	»	»	»	»	»	»	»	»	1	»	5	6
Total			327	331	10	1	»	5	13	»	26	»	2	»	5	62
Personnel gradé de veille			»	»	»	»	»	»	»	»	»	»	»	»	»	»
Service des remplacements (repos hebdomadaire) — Jour			»	»	»	»	»	»	»	»	4	»	»	»	»	4
Service des remplacements (repos hebdomadaire) — Veille et jour			»	»	»	»	»	»	»	»	1	»	»	»	»	1
Totaux					10	1	»	5	13	»	31	»	2	»	5	67

2º Services généraux

NATURE DES SERVICES	SURVEILLANTS ET SURVEILLANTES DES MALADES — H.	F.	DES FILLES	GARÇONS ET FILLES DE SERVICE — H.	F.	FEMMES DE CONSIGNE	TOTAL DU PERSONNEL HOSPITALIER	PERSONNEL A LA JOURNÉE — H.	F.	TOTAL DU PERSONNEL A LA JOURNÉE	OBSERVATION
Service de la loge	1	»	»	»	»	1	2	»	»	»	
Bureaux	1	»	»	»	»	»	1	»	»	»	
Cuisine et sommellerie	»	1	1	»	6	»	8	1	2	3	
Pharmacie	»	»	»	»	1	»	1	»	»	»	
Lingerie	»	1	1	»	»	»	2	»	7	7	
Magasins	»	»	»	»	1	»	1	1	»	1	
Buanderie	»	1	1	»	»	»	2	2	10	12	
Salubrité	»	»	»	»	»	»	»	2	»	2	
Écuries et remises	»	»	»	»	»	»	»	1	»	1	
Ateliers	»	»	»	»	»	»	»	1	»	1	
Hydrothérapie	»	»	»	»	»	»	»	1	»	1	
Totaux	2	3	3	»	8	1	17	9	19	28	

RÉCAPITULATION GÉNÉRALE

Nombre d'agents du personnel hospitalier { du service des malades . . . 67 ; des services généraux . . . 17

Nombre d'agents du personnel à la journée. 28

Total général des agents hospitaliers et à la journée 112

Budget (exercice 1913)

SOUS-CHAPITRES	DÉPENSES	DÉTAIL DES DÉPENSES	DÉTAIL DES ARTICLES
Personnel administratif	18.000	Traitements des chefs et employés des bureaux.	16.800
		Indemnités diverses et dépenses accessoires .	1.200
Impressions, frais de bureau, d'adjudications et de poste . . .	1.200	Frais de bureau, d'adjudications et de poste . .	1.200
Frais de cours, de concours et d'écoles. . .	1.000	Écoles d'enfants arriérés	1.000
Personnel médical. . .	7.800	Indemnités fixes	7.800
Personnel hospitalier .	77.000	Dépenses de traitement et d'externement intégral du personnel hospitalier et assimilé . .	69.500
		Dépenses accessoires	7.500
Personnel ouvrier . . .	33.000	Personnel à la journée	29.300
		Dépenses accessoires.	3.700
Réparations de bâtiments	5.200	Travaux d'architecture, entretien normal. . .	3.700
		Travaux techniques, entretien normal	1.500
Service de la Pharmacie	7.000	Achats par l'établissement	1.800
		— par l'intermédiaire de la Pharmacie centrale	5.200
Boulangerie	37.000	Achats par l'établissement	37.000
Boucherie.	72.000	Dépenses par l'établissement	72.000
Cave.	16.000	— par l'établissement	16.000
Comestibles	65.000	— par l'établissement	61.000
		— de lait	14.000
		— par le Magasin central	20.000
Chauffage, éclairage. .	30.000	— par l'établissement	30.000
Blanchissage.	4.800	— par l'établissement	1.500
		— par le Magasin central	3.300
Coucher, linge, habillement, mobilier, . . .	55.000	Dépenses par l'établissement — Coucher, linge, habillement,	4.000
		mobilier	1.500
		Dépenses par le Magasin central — Coucher, linge, habillement.	42.500
		mobilier.	7.000
Appareils, instruments de chirurgie et objets de pansement	5.500	Achats directs par l'établissement.	3.000
		Achats par l'intermédiaire du Magasin central.	2.500
Frais de transport . . .	65.000	Dépenses par l'établissement	65.000
Eaux, salubrité, vidanges et divers.	7.000	Eaux	3.400
		Salubrité, vidanges et divers	4.000
	537.500	**TOTAUX . . . .**	537.500

{TABLE}

SANATORIVM DE HENDAYE

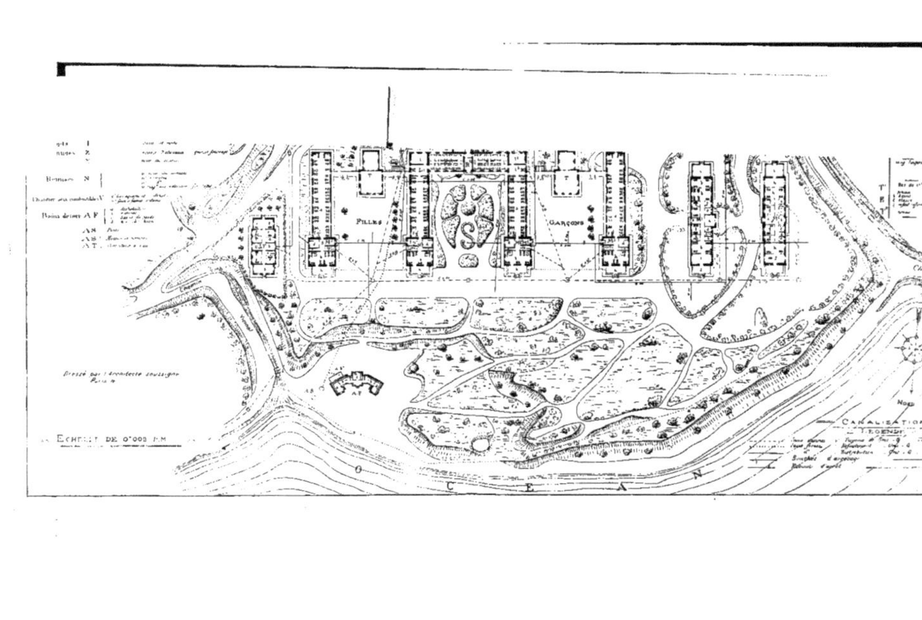

FILLES
GARÇONS
Dressé par l'architecte soussigné
Paris le
ECHELLE DE 0m003 P.M.
CANALISATION
LÉGENDE
NORD
OCÉAN

BIBLIOGRAPHIE

Belouet, le Sanatorium de Hendaye (*Revue d'hygiène*, mai 1899). Marcou-Mutzner, le Sanatorium de Hendaye et le climat atlantique méridional. Thèse de médecine, Paris, 1901.

P. Verneau, les Maladies que l'on soigne à Hendaye. Thèse de médecine, Paris, 1902.

Congrès de Thalassothérapie, Biarritz, 1905. — Communication de M. le docteur Camino.

Congrès de climatothérapie et d'hygiène urbaine, Biarritz, 1908. — Communication de M. le professeur Kirmisson sur le traitement orthopédique au sanatorium de Hendaye.

Legriel, le Sanatorium de Hendaye (*l'Architecture*, 26 septembre 1908).

Rapports de M. Chérot au Conseil municipal, nos 57, 106, 166, de 1903.

Collection des procès-verbaux du Conseil de surveillance et Comptes moraux de l'administration générale de l'Assistance publique. (Acquisition de terrains : 1904, 90 ; 1906, 131 ; 1907, 190 : — alimentation en eau : 1905, 46 ; — fonctionnement : 1906, 87 ; 1907, 63 : — nouveaux pavillons : 1907, 76 ; 1908, 57 ; — admissions : 1909, 86 ; 1910, 110 ; — régime alimentaire : 1909, 92 ; — personnel ouvrier : 1911, 26).

Rapports annuels sur le service orthopédique de Hendaye, dans la *Revue d'orthopédie*, par M. le professeur Kirmisson, chef de service à l'hôpital des Enfants-Malades.

TABLE DES GRAVURES

TABLE DES MATIÈRES

COMPOSÉ, IMPRIMÉ, BROCHÉ
PAR LES PUPILLES DE LA
SEINE, ÉLÈVES DE L'ÉCOLE
D'ALEMBERT, A MONTEVRAIN

www.ingramcontent.com/pod-product-compliance
Ingram Content Group UK Ltd.
Pitfield, Milton Keynes, MK11 3LW, UK
UKHW031738170726
13836UKWH00002B/737